汉藏英珍存版

[清]仓央嘉措 著

LOVE SONGS BY TSANGYANG GYATSO

仓央嘉措情歌

青海人民出版社

图书在版编目（CIP）数据

仓央嘉措情歌 /（清）仓央嘉措著 . -- 西宁 : 青海人民出版社 , 2018.6（2022.4 重印）
ISBN 978-7-225-05598-5

Ⅰ . ①仓… Ⅱ . ①仓… Ⅲ . ①古典诗歌—诗集—中国—清代 Ⅳ . ① I222.749

中国版本图书馆 CIP 数据核字 (2018) 第 142328 号

策　　划：王绍玉
责任编辑：崔　茜
责任校对：田梅秀
责任印制：刘　倩　卡杰当周
装帧设计：郑　清　时代彩印
插　　图：阿　太

仓央嘉措情歌

（清）仓央嘉措　著

出 版 人　樊原成
出版发行　青海人民出版社有限责任公司
　　　　　西宁市五四西路 71 号　邮政编码：810023　电话：(0971)6143426(总编室)
发行热线　(0971)6143516 / 6137730
网　　址　http://www.qhrmcbs.com
印　　刷　陕西龙山海天艺术印务有限公司
经　　销　新华书店
开　　本　787 mm × 1092 mm　1/32
印　　张　6.125
字　　数　80 千
版　　次　2018 年 8 月第 1 版　2022 年 4 月第 3 次印刷
书　　号　ISBN 978-7-225-05598-5
定　　价　68.00 元

情

仓央嘉措情歌

Love Songs By Tsangyang Gyatso

汉藏英珍存版

汉语润色：伊　沙

汉 译 英：顾杰夫（Jeffrey Gu）
常少宏

遇见仓央嘉措
碰到最美自己

遇见

启齿嫣然一笑
将我的魂儿勾跑
是否真心相爱
发下一个誓来

Do not blame him,

The living Buddha Tsangyang Gyatso,

Romantic to even the dissolute,

For what he wanted,

Was no different from mortals.

—Tibetan folk songs

莫怪活佛仓央嘉措，

风流浪荡；

他想要的，

和凡俗人并无两样。

——西藏民歌

目录

contents

仓央嘉措情歌

On top of that mountain in the east,
Rises a moon,
Bright and pure.
A face full of love,
Like my mother,
Emerging from inside of my heart.

在那东山顶上，
升起皎洁月亮。
母亲般的情人脸庞，
浮现在我心上。

ཤར་ཕྱོགས་རི་བོའི་རྩེ་ནས།།
དཀར་གསལ་ཟླ་བ་ཤར་བྱུང་།།
མ་སྐྱེས་ཨ་མའི་ཞལ་རས།།
ཡིད་ལ་འཁོར་འཁོར་བྱས་སོང་།།

The young leaves planted last year,
Became dry grass this year;
Once a young boy,
Grown into an old body,
His back bent,
More than the bending
of the bows from the south[1].

[1]Refers to the bows made in the south of Tibet.

去年种的青苗，
今年沦为柴草；
少年老去的身躯，
比南弓①还要弯曲。

① 南弓：指西藏南部制造的弓。

ན་ཉིང་བཏབ་པའི་ལྗང་གཞོན།།
ད་ལོ་སོག་མའི་ཕོན་ལྗུག།
ཕོ་གཞོན་རྒས་པའི་ལུས་པོ།།
ལྷོ་གཞུ་ལས་ཀྱང་གྱོང་བ།།

销魂的人儿，
若能够厮守到老，
仿佛从大海深处，
打捞起的奇珍异宝。

A girl stole my heart and soul,
If with me together we grow older,
She will be my treasure,
Like coming from the depth of the ocean,
caught and fished up from the sea.

རང་སེམས་སོང་བའི་མི་དེ།།
གཏན་གྱི་འདུན་མར་བྱུང་ན།།
རྒྱ་མཚོའི་གཏིང་ནས་ནོར་བུ།།
ལོན་པ་དེ་དང་འདྲ་བྱུང་།།

ལམ་ཁར་བབ་ཕྲད་སྙིང་སྡུག།
ལུས་དྲི་ཞིམ་པའི་བུ་མོ།།
གཡུ་ཆུང་དྲུག་དཀར་རྙེད་ནས།།
བསྐྱུར་བ་དེ་དང་འདྲ་བྱུང་།།

那不期而遇的情人，
是芳香四溢的姑娘，
像拾到晶莹剔透的绿宝石，
又将它弃置路旁。

That lover I met unexpected on the road,
She has aromatic body and skin.
I picked her up,
Like picking up a clear crystal emerald,
And then I abandoned her,
Also on the side of a road.

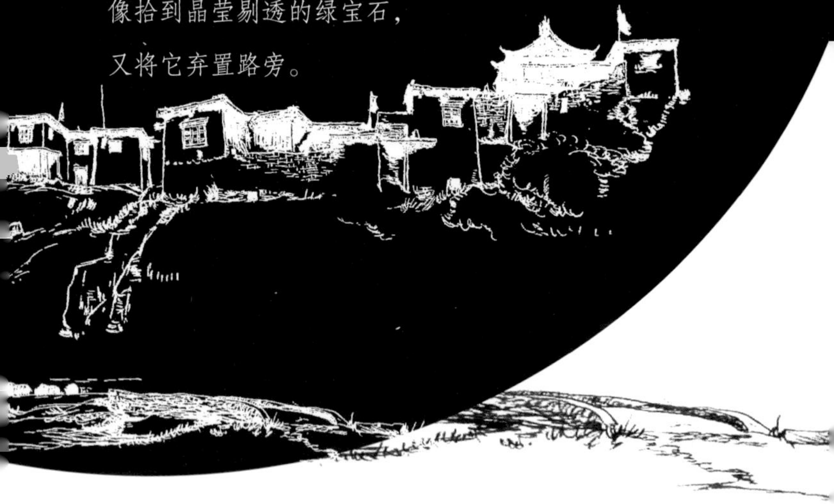

མི་ཆེན་དཔོན་པོའི་སྲས་མོ།།
ཁམས་འབྲས་མཚར་ལུགས་བལྟས་ན།།
ཁམ་སྡོང་མཐོན་པོའི་རྩེ་ནས།།
འབྲས་བུ་སྨིན་པ་འདྲ་བྱུང་།།

达官贵人的千金，
那股子艳俗的骚劲儿，
好似高高的桃树尖上，
熟透的果实一样。

That daughter of
Nobility and wealth,
Showing off shining courtship,
Like a peach on the top of a tree,
A mature fruit,
Now too ripe.

The heart leaves to fly with her,
Sleepless in the night.
Failing to make love with her
During the day,
I am feeling dark,
Meaningless and tired.

心儿随她去了，
夜里无法入眠，
白天未能如愿，
叫我心灰意懒。

སེམས་པ་ཕར་ལ་ཤོར་ནས།།
མཚན་མོའི་གཉིད་ཐེབས་བཅག་སོང་།།
ཉིན་མོ་ལག་ཏུ་མ་སོན།།
ཡིད་ཐང་ཆད་རོགས་ཡིན་པས།།

I missed blossom season already.

Do not griere the Jade bee[1],

Though my fate ended up with my lover,

I am still not haunted by sorrow!

[1]A type of Poisonous bee, once sting others, its whole body turning white, looks like jade, the level of size and toxicity is several times bigger than other Poisonous bee.

花期已经错过，

玉蜂莫要惆怅；

和情人缘尽了，

我也并不悲伤！

མེ་ཏོག་ནམ་ཟླ་ཡལ་སོང་། །

གཡུ་སྦྲང་སེམས་པ་མ་སྐྱོ། །

བྱམས་པའི་ལས་འཕྲོ་ཟད་པར། །

ང་ནི་སྐྱོ་རྒྱུ་མི་འདུག །

རྩི་ཐོག་བ་མོའི་ཁ་ལ།།
སྐྱི་བསེར་ལྷུང་གི་ཕོ་ཉ།།
མེ་ཏོག་སྦྲང་བུ་གཉིས་ཀྱི།།
འབྲེལ་མཚམས་གཅོད་མཁན་ཕོས་ཡིན།།

White frost climbs on the Achnatherum splendens[1],
cold winds blow like angels[2].
Oh! It is they two,
That separated the flowers from their bees.

[1]A type of perennial herb that can be used to feed animals, and also to compile baskets, seats, and other objects.

[2]Refers to wind in the deep autumn.

芨芨草①上的白霜，
寒风的使者②，
就是它俩呀，
将花儿和蜂儿活活拆散。

①芨芨草：多年生草本植物，可作饲料，也可用来编制篓、席等物。

②寒风的使者：指深秋的风。

Wild ducks fell in love with reeds,
Longing to kiss and hug unbound,
Though the lake now is frozen,
It makes me so sad and frustrated!

天鹅爱上芦苇，
真想亲昵一会儿，
湖面已被冰封，
叫我气丧心灰！

ངང་པ་འདམ་ལ་ཆགས་ནས།།
རེ་ཞིག་སྤྱོད་དགོས་བསམས་ཀྱང་།།
མཚོ་མོར་དར་ཁ་འཁྲིགས་ནས།།
རང་སེམས་ཁོ་ཐག་ཆོད་སོང་།།

Like a boat with no heart,

Even the Horse head[1]

Turns back to stare at me.

Oh my heartless lover,

Once left,

Never looked back,

Not even for one glance.

[1]Refers to wooden boat of Tibet, it normally has a wooden horse head turning toward back.

渡船无心，

马头①回眸。

负心的人呵，

一去不回头！

① 马头：西藏木船上一般都有脸朝后的木雕马头像。

གྲུ་ཤན་སེམས་པ་མེད་ཀྱང་།།
རྟ་མགོས་ཕྱི་མིག་བལྟས་བྱུང་།།
ཁྲེལ་གཞུང་མེད་པའི་བྱམས་པ།།
ང་ལ་ཕྱི་མིག་མི་ལྟ།།

Like meeting a sister in a farmer's market,
Easily forged an intimate pledge,
Pledge with three vows.
Like snake bone shaped flower knot[1],
cracking on its own,
cracking on the ground.

[1]A type of hand made knot, looks complicated, but easy to open on its own, meaning the casual intimate pledge and vows are not trustworthy.

我和集上的姐姐，
发了三句誓约。
但却像那花蛇结，
兀自在地上开裂。

ང་དང་ཚོང་འདུས་བུ་མོའི།།
ཚིག་གསུམ་དམ་བཅའི་མདུད་པ།།
ཁྲ་བོའི་སྦྲུལ་ལ་མ་བརྒྱབ།།
རང་རང་ས་ལ་གྲོལ་སོང་།།

Oh two sweet innocent little hearts,
She placed a banner next to a willow,
To stand as a sign.
Oh elder brother,
When caring for the willow,
Please do not throw the stone,
Please do not hit her sign.

两小无猜的心上人啊，
她的幡儿插在柳树下。
看护柳树的阿哥，
请别拿石头打它！

ཆུང་འདྲིས་བྱམས་པའི་རླུང་བསྐྱེད།།
ལྕང་མའི་སྦོགས་ལ་བཙུགས་ཡོད།།
ལྕང་སྲུང་ཨ་ཇོ་ངོ་ཞལ།།
རྡོ་ཀ་རྒྱག་པ་མ་གནང་།།

The dark and small print,

Written by hand,

It is already washed away,

By pouring rain.

A picture engraved in a heart,

Cannot be erased,

Even with a will.

用手写出的黑黑小字，

已被雨水冲消。

刻在心头的图画，

想擦也不会擦掉！

བྲིས་པའི་ཡི་གེ་ནག་ཆུང་།།

ཆུ་དང་ཐིགས་པས་འཇིག་སོང་།།

མ་བྲིས་སེམས་ཀྱི་རི་མོ།།

བསུབས་ཀྱང་བསུབ་རྒྱུ་མི་འདུག།

Silent words sealed with small dark print,
Cannot speak out on its own.
Please, seal our heart,
With trust and morality,
For both you and me!

盖上的黑色小印，
默默无语。
请把信义的小章，
盖在彼此的心上！

བརྐྱབ་པའི་ནག་ཆུང་ཐེའུས།།
གསུང་སྐད་འབྱིན་ནི་མི་ཤེས།།
ཁྲེལ་དང་གཞུང་གི་ཐེའུ།།
སོ་སོའི་སེམས་ལ་རྐྱོན་དང་།།

Thriving vividly,

Haluo[1] Blossoms bloom.

Their petals, if made as offerings to the dead,

Then give to me the same,

A young Jade Bee for the grave.

Bring me into a temple,

In front of all the Buddha.

[1]Malva, a name of a flower.

སྤོབས་ལྡན་ཧ་ལོའི་མེ་ཏོག།
མཆོད་པའི་རྫས་ལ་ཕེབས་ན།།
གཡུ་སྦྲང་གཞོན་ནུ་ང་ཡང་།།
ལྷ་ཁང་ནང་ལ་ཁྲིད་དང་།།

生机勃发的哈罗①花，

做了供品的话，

把我这年少的玉蜂，

也带到佛堂去吧！

①哈罗：音译，即锦葵花。

My beloved girl,

If you leave to practice Dharma,

I, a juvenile, also leave,

To go into a cave for zen,

Among the mountains.

心爱的姑娘，

若要去学法修行，

少年我也去，

到那山中的禅洞。

སེམས་སོང་བུ་མོ་མི་བཞུགས།།

དམ་པའི་ཆོས་ལ་ཕེབས་ན།།

ཕོ་གཞོན་ང་ཡང་མི་སྡོད།།

རི་ཁྲོད་འགྲིམ་པར་ཐལ་ལོ།།

I go to search for a Lama,

Who has faith,

I go to beg him to point out,

The bright path.

But turning no back on my mind,

Once more,

I lost deeply

Inside of my lover.

我去有道的喇嘛面前，

求他将明路指点。

但却无法回心转意，

又失足到情人那里。

མཚན་ལྡན་བླ་མའི་དྲུང་དུ།།
སེམས་ཁྲིད་ཞུ་བར་ཕྱིན་པས།།
སེམས་པ་བསྐོར་ཀྱང་མི་ཐུབ།།
བྱམས་པའི་ཕྱོགས་ལ་ཤོར་སོང་།།

Meditating[1] image of Lama,

Respectful God,

No matter how hard I try,

Not appearing as Lama;

Without thinking of my lover's face,

It is always shining inside my heart.

[1]Buddhist terminology for the idea, that is, the mind to imagine their own to repair the image of God.

默想①的喇嘛尊容，

怎么也不显现；

未想的情人的脸，

却在心头灿烂。

①默想：佛教术语为观想，即心中想象着自己所要修的神的形象。

སྒོམ་པའི་བླ་མའི་ཞལ་རས།།
ཡིད་ལ་འཆར་རྒྱུ་མི་འདུག།
མ་བསྒོམaམས་བྱམས་པའི་ཞལ་རས།།
ཡིད་ལ་ལྷ་ལེ་ལྷ་ལེ།།

Missing her so much,

Yet never let her leaving my mind.

If thus practicing Buddhism,

will be in this life,

I become a Buddha!

想她想得放不下，

如果这样去修法，

在今生今世，

就会成佛啦！

སེམས་པ་འདི་ལ་འགྲོ་འགྲོ།།

དམ་པའི་ཆོས་ལ་ཕྱིན་ན།།

ཚེ་གཅིག་ལུས་གཅིག་ཉིད་ལ།།

སངས་རྒྱས་ཐོབ་པར་འདུག་གོ །

Snow water flows from Mount Kailash,
Bright and clean,
Dewdrops roll off klu-bdud-rdo-rje[1] herbs,
Nectar elixir to be yeast,
Turns them into delicious wine.
With Dakini the Goddess of wisdom[2],
As the stove.
Drinking to the holy oath,
We shall never falter to The Way of Evil[3].

[1]A nother name of Adenophora liliifolioides, which grow in Tibet, herbs used for medicine.

[2]A fairy's name.

[3]Buddhist scriptures, dirty swine.

明净的水晶山的雪水，
铃荡子[1]草药上的露珠，
甘露药作曲子所酿成的美酒，
智慧空行[2]仙女当炉，
就着圣洁的誓约喝下，
就不堕恶途[3]。

①铃荡子：药用植物川藏沙参的别名。

②智慧空行：仙女名。

③恶途：佛经用语，指地狱、饿鬼、畜生。

དག་པ་ཤེལ་གྱི་གངས་རི།།
ཀླུ་བདུད་རྡོ་རྗེའི་ཟིལ་པ།།
བདུད་རྩི་སྨན་གྱི་ཕབ་རྒྱུན།།
ཆང་མ་ཡེ་ཤེས་མཁའ་འགྲོ།།
དམ་ཚིག་གཙང་མས་བཏུང་ན།།
ངན་སོང་སྐྱོང་དགོས་མི་འདུག།

When time turns my way,
And raises a flag in the wind,
Searching for a blessing,
Where there comes my fair lady,
Inviting me into her home,
Together for a banquet.

时来运转的时刻，
竖起祈福的风幡，
就有美丽的淑女，
请我去她家赴宴。

ཀླུང་རྟ་ཡར་འགྲོའི་དུས་ལ།།
ཀླུང་བསྐྱེད་དར་ལྕོག་བཙུགས་པ།།
མཛངས་མ་མ་བཟང་བུ་མོས།།
ང་ལ་མགྲོན་པོར་བོས་བྱུང་།།

Smiling beauty,

Smiling with teeth,

White like moon lights.

Her eyes falling around,

In four directions,

Indulge the face

of a juvenile boy.

皓齿美人含笑，

朝向四座顾盼，

眼珠娇滴滴一转，

目光落处是少年的脸。

སོ་དཀར་ལྷགས་པའི་འཛུམ་མདངས།།

བཞུགས་གྲལ་སྤྱི་ལ་བལྟས་བྱུང་།།

མིག་ཟུར་ཕྲ་མོའི་སྤྲིལ་མཚམས།།

གཞོན་པའི་གདོང་ལ་བལྟས་བྱུང་།།

ཧ་ཅང་སེམས་ལ་སོང་ནས།།
གྲོགས་འདྲིས་ཨེ་ཡོང་དྲིས་པས།།
འཆི་བྲལ་བྱེད་ན་མིན་པ།།
གསོན་བྲལ་མི་བྱེད་གསུངས་བྱུང་།།

问问心爱的人儿：
可愿做终身伴侣？
除非死别，
永不生离！

I ask my beloved,
Whether she wants to be with me,
To spend whole life together?
She replied back:
Unless death separates us,
Let us never separate,
As long as when we are alive.

If I follow her, the mind and longing
Of my beautiful lover,
I must break off with Dharma in this life;
If I practice Dharma of Buddha,
Deep in the mountain,
Quiet in the valley,
Hoping to come into nothing,
Then I break the heart of
My beautiful lover.

如果遂了美人心愿，
今生就与佛法绝缘；
若到深山幽谷中修行，
又辜负了姑娘的芳心。

མཛེས་མའི་ཐུགས་དང་བསྟུན་ན།།
ཚེ་འདིའི་ཆོས་སྐལ་ཆད་འགྲོ།།
དབེན་པའི་རི་ཁྲོད་འགྲིམས་ན།།
བུ་མོའི་ཐུགས་དང་འགལ་འགྲོ།།

The mood of the juvenile from Kongpo[1],
It is like a baby bee,
Sticking on the spider's web,
Engaging with a lover for days,
Suddenly, then remembering again,
The ultimate Dharma
From Buddhism.

[1]Located in the eastern Tibet in the forest, it is one of the nine small entities of Tubo (the name of a political regime in the early years of Tibet), rich and plentiful in Singing Birds.

工布①少年的心情，
好像蜂儿粘在蛛网，
和情人云雨三日，
又想起佛法与终极。

①工布：西藏东部林区，吐蕃九小邦之一，盛产鸣禽。

ཀོང་ཕྲུག་གཞོན་པའི་བློ་སྣ།།
སྦྲང་བུ་རྒྱ་ལ་བཙུག་འདྲ།།
ཞག་གསུམ་ཉལ་རོགས་བྱས་པས།།
ཕུགས་ཡུལ་ལྷ་ཆོས་དྲན་བྱུང་།།

You! My lover in this fate,
If it is true,
If you are not worthy of being trusted,
Then even the pure green Jade on your comb
Raises your hair
It cannot speak out
As speechless is!

你这命定的爱人，
若真是无信的，
发髻上的碧玉，
它也不会言语！

གཏན་གྲོགས་ཁྱོད་ལ་བསམས་པས།།
ཁྲེལ་དང་ངོ་ཚ་མེད་ན།།
མགོ་ལ་བརྒྱབ་པའི་གཙུག་གཡུས།།
སྐད་ཆ་སྨྲ་ནི་མི་ཤེས།།

Open mouth out
Flies a charming smile,
A smile that took my soul,
My heart is running away with you.
Love me, true or not,
Please swear,
And send me an oath!

འཛུམ་དང་སོ་དཀར་བསྟན་ཚོག།
གཞོན་པའི་བློ་ཁྲིད་ཡིན་འགྲོ།།
སྙིང་ནས་ཤ་ཚ་ཡོད་མེད།
དབུ་མཐའ་བཞེས་རོགས་གནང་དང་།།

启齿嫣然一笑，
将我的魂儿勾跑。
是否真心相爱，
发下一个誓来！

སྙིང་ཐུབ་བྱ་རྡོ་ལམ་འཕྲད།།
ཨ་མ་ཆང་མས་སྒྲུར་བྱུང་།།
ལན་ཆགས་བུ་ལོན་བྱུང་ན།།
འཚོ་སྐྱོང་ཁྱོད་ཀྱིས་གནང་ཞུ།།

鸟石路遇①的姑娘，
酒家阿妈撮合。
如果欠下孽债，
请你关照养活！

①鸟石路遇：藏语成语，近似汉语成语“萍水相逢”。

Encountering a girl in an old tavern,
As a bird encounters a stone[1].
We are matched by the hand of liquor's host,
call her a mother.
If we create sin and succumb a dishonorable debt,
Please dear hostess,
care for flesh and feed it through life!

[1]Set phrase in Tibetan, similar meaning in Chinese "Strangers encountered by chances".

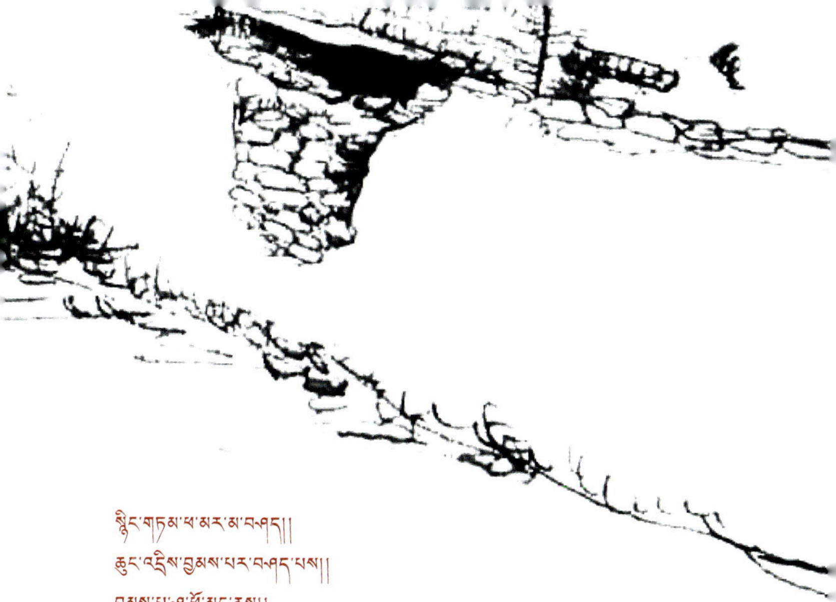

སྙིང་གཏམ་ཕ་མར་མ་བཤད།།
ཆུང་འདྲིས་བྱམས་པར་བཤད་པས།།
བྱམས་པ་ཞ་ཕོ་མང་ནས།།
གསང་གཏམ་དགྲ་བོས་གོ་སོང་།།

知心话没告诉爹娘，
全诉予两小无猜的情侣。
情侣的追求者多哩，
私房话被情敌听去。

I never talked to mom or dad,
In intimate words from heart to heart,
To give all to a lover,
Growing up from two little innocent.
She now has too many suitors chasing her,
Stealing away our intimate words,
Romantic foes, rivals of love.

My beloved fairy maiden,

Yid-hphrog-lha-mo[1],

caught by me, a hunter,

But then a captive of King Nuosang,

The glorious tyrannical monarch!

[1]The name of a fairy in Tibetan, meaning "breathtaking fairy". Yid-hphrog-lha-mo, hunter and King Nuosang, are the main characters in the Tibetan opera, "Biography of The King Nuosang".

心爱的仙女意抄拉姆①，

是我这猎人捕获，

却被不可一世的暴君，

诺桑王掳去！

①意抄拉姆：仙女名，意为"夺人心魄的仙女"。意抄拉姆、猎人和诺桑王是藏戏故事《诺桑王传》里的人物。

སྙིང་ཐུབ་ཡིད་འཕྲོག་ལྷ་མོ།།
རྔོན་པ་ང་ཡིས་ཟིན་ཀྱང་།།
དབང་ཆེན་མི་ཡི་དཔོན་པོ།།
ནོར་བཟང་རྒྱལ་པོས་འཕྲོགས་སོང་།།

Holding treasure in hands,
Cherished with carelessness.
Once lost, forever,
Anger fills in heart.

ནོར་བུ་རང་ལ་ཡོད་དུས།།
ནོར་བུའི་ནོར་ཉམས་མ་ཚོད།།
ནོར་བུ་མི་ལ་ཤོར་དུས།།
སྙིང་རླུང་སྟོད་ལ་འཚང་བྱུང་།།

宝贝在手，
不懂珍惜；
一旦失去，
满腔是气。

My lover who once loved me,
Already now married to another;
My heart is tortured by love,
An unrequited sickness,
My face grows thinner than the lily,
withering of yellow death.

与我相恋的情人，
已被人家娶走；
心儿被相思折磨，
人比黄花瘦。

རང་ལ་དགའ་བའི་བྱམས་པ།།
གཞན་གྱི་འདུན་མར་བླངས་སོང་།།
ཁོག་ནག་སེམས་པའི་གཅོང་གིས།།
ལུས་པོའི་ཤ་ཡང་བསྐམས་སོང་།།

My lover, stolen by others,
I pray and ask the Gods.
With pure heart, let my girl
Please come into my dreams,
As before, as always.

情侣被人偷走，
我须打卦问签。
心底纯洁的姑娘，
常在梦中相见。

སྙིང་ཐུབ་རྐུ་ལ་ཤོར་སོང་།།
མོ་ཕྱྭ་རྩིས་འབུལ་རན་སོང་།།
བུ་མོ་དྭང་སེམས་ཅན་མ།།
རྨི་ལམ་ལ་ཡང་འཁོར་སོང་།།

As long as the girl is alive,
This drinking will never finish.
This wine will never be gone,
As a lifelong sustenance of the juvenile,
can only stay in this bottle.

只要姑娘不死，
酒就不会喝完。
少年终身的寄托，
也只能够在酒里。

བུ་མོ་འཆི་བ་མེད་ན།།
ཆང་ལ་འཛད་པ་མི་འདུག།
གཞོན་པའི་གཏན་གྱི་སྐྱབས་གནས།།
འདི་ལ་བཅོལ་བས་ཆོས་ཆོག།

That girl was not borne by her mother,
Was she grown from the limb of a peach tree?
Why did her love fade so fast
Like a peach blossom?
Having now withered so quick.

姑娘不是娘生的，
怕是桃树上长的，
否则她的爱情，
怎比桃花还谢得快呢？

བུ་མོ་ཨ་མར་མ་སྐྱེས།།
ཁམ་བུའི་ཤིང་ལ་སྐྱེས་སམ།།
ཨ་གསར་ཟད་པ་ཁམ་བུའི།།
མེ་ཏོག་ལས་ཀྱང་མགྱོགས་པ།།

To two innocent little lovers

Are you descendants of wolves?

Loving and living with me,

Yet yearning to flee back,

Back into mountains.

两小无猜的情侣，

莫非是狼的后裔？

与我相爱同居，

还想逃回山里。

བུ་མོ་ཆུང་འདྲིས་བྱམས་པ།།
སྤྱང་ཀིའི་རིགས་རྒྱུད་མིན་ནམ།།
ཕ་འདྲིས་ལྷགས་འདྲིས་བྱུང་ཡང་།།
རི་ལ་ཤོར་གྲབས་མཛད་བྱུང་།།

Mustangs that run up into the mountains,

can be caught with steady reins;

Once a lover ceases to be faithful,

One cannot take her back,

Not even with the power of Gods.

野马跑到山上，

可用套索捉住；

情人一旦变心，

神力也拿她不住。

རྟ་རྒོད་རི་ལ་ཤོར་ཀྱང་།།

སྙི་དང་ཞགས་པས་ཟིན་ཆོག།

བྱམས་པས་ངོ་ལོག་བརྒྱབ་པས།།

མཐུ་ངོ་ཟིན་པ་མི་འདུག།

Rocks join in storms,

As wind sweeps the eagle

Stripping feathers from flesh;

As a half-hearted girl,

She makes me nervous,

upset joins anger.

岩石伙同风暴，

刮乱了鹰的羽毛；

三心二意的女子，

叫我心烦意恼。

བྲག་དང་རླུང་པོ་བསྡེབས་ནས།།
རྒོད་པོའི་སྒྲོ་ལ་གཟན་བྱུང་།།
གཡོ་ཅན་རྫུ་བག་ཅན་གྱིས།།
ང་ལ་གཟན་པོ་བྱས་བྱུང་།།

Clouds with black centers

With yellow edges,

Are the cause of hail;

People who are neither monks nor laities,

Are the enemy of the holy Dharma.

黄边黑心之云，

是霜雹之成因；

非僧非俗的沙弥，

是圣教佛法之敌。

སྤྲིན་པ་ཁ་སེར་གཏིང་ནག།

སད་དང་སེར་བའི་གཞི་མ།།

བན་དྷེ་སྐྱ་མིན་སེར་མིན།།

སངས་རྒྱས་བསྟན་པའི་དགྲ་བོ།།

Under the frozen land

This ice is melting,

It is not a place for a horse to run;

People fall in love when at first sight,

There is no way to speak,

no way to listen

Only intimate hearts.

上消下冻的土地，

不是跑马的地方；

初次相遇的情人，

无法诉诸衷肠。

ས་དེ་ཁ་ཞུ་གཏིང་འཁྱག།
རྟ་ཕོ་གཏོང་ས་མ་རེད།།
གསར་འགྲོགས་བྱམས་པའི་ཕྱོགས་སུ།།
སྙིང་གཏམ་བཤད་ས་མ་རེད།།

Her face, so bright and pure,
As if a full moon
On the 15th of the month;
But the rabbit living inside in the moon,
Already life is not long.

她皎洁的面容，
仿佛十五的月亮；
月宫里的玉兔，
已经命不久长。

ཚེས་ཆེན་བཅོ་ལྔའི་ཟླ་བ།།
ཡིན་ལ་འདྲ་བར་འདུག་སྟེ།།
ཟླ་བའི་དཀྱིལ་གྱི་རི་བོང་།།
ཚེ་ཟད་ཚར་ནས་འདུག་གོ།

This month passes by,

With next month coming on.

When the Pure Month[1] comes on,

It comes

For our cherished intimacy meeting.

[1]Lucky month, month with lucks.

ཟླ་བ་འདི་ནི་ཐར་འགྲོ།།
རྗེང་མའི་ཟླ་བ་ཚུར་འགྲོ།།
བཀྲ་ཤིས་ཟླ་བ་དཀར་པོ།།
ཟླ་སྟོད་ཕྱོགས་ལ་མཇལ་ཡོང་།།

这个月去了，

下个月来了。

在吉祥白月①的上旬，

将有我们的相见。

①白月：吉祥的月份。

Oh, king of the center

Of Xumi Mountain[1],

Please stand firmly!

Thus as the cycle of sun and moon run,

Those two shall never get lost.

[1]According to the Buddhist scripture, Xumi Mountain is the highest mountain in the world.

大地中央的须弥山①王呵，
请你坚定地挺立！
日月的运转，
就不会迷失。

དབུས་ཀྱི་རི་རྒྱལ་ལྷུན་པོ།།
མ་འགྱུར་བརྟན་པར་བཞུགས་དང་།།
ཉི་མ་ཟླ་བའི་འཁོར་ཕྱོགས།།
ནོར་ཡོང་བསམ་པ་མི་འདུག།

①须弥山：佛经上说，世界上最高的山是须弥山。

On the 3rd day in a new month,

Appears the crescent of the new moon,

Silver lights shedding onto the sky.

Please send me an oath,

As perfect as the full moon,

On the 15th day of the month.

初三的月儿弯，

银光洒满天；

请对我发下一个誓言，

要像十五月亮那样圆！

ཚེས་གསུམ་ཟླ་བ་དཀར་པོ།།
དཀར་དགོས་ནང་ནས་ཚོད་སོང་།།
བཅོ་ལྔའི་ནམ་དང་མཉམ་པའི།།
ཞལ་བཞེས་གཅིག་གྱང་གནང་ཞུ།།

Buddha's warrior protection,

vowed for the righteous and law enforcement[1],

sits in the ten stages[2] of Dharma Realm.

If they exist, those superpowers

vigorously,

please expel

The enemy of Buddhism!

[1]One of the God of law enforcement in esoteric Buddhism.

[2] Refers to the Buddhist ten stages of grade.

具誓护法①金刚，

坐于十地②法界，

若有神通大力，

驱走佛教之敌！

①具誓护法：是密宗护法神之一。

②十地：当指佛教圣人的十个得到等级而言。

ས་བཅུའི་དབྱིངས་སུ་བཞུགས་པའི།།
དམ་ཅན་རྡོ་རྗེ་ཆོས་སྐྱོང་།།
མཐུ་དང་ནུས་པ་ཡོད་ན།།
བསྟན་པའི་དགྲ་བོ་སྒྲོད་དང་།།

Rhododendron bird flying from Menyu[1],
Carry with the atmosphere of spring.
Let me meet my lover,
So happiness may fill
Fully my body and soul.

[1]A name of a place in Tibet, the poet's hometown.

杜鹃来自门隅①，
带来春的气息；
我和情人见面，
身心感到快意。

①门隅：西藏地名，诗人的故乡。

ཁུ་བྱུག་མོན་ནས་ཡོང་བས།།
ནམ་ཟླའི་ས་བཅུད་ཕེབས་སོང་།།
ང་དང་བྱམས་པ་ཕྲད་ནས།།
ལུས་སེམས་སྐྱིད་པོར་ལངས་སོང་།།

For impermanence and death,

If do not think it over often[1]*,*

Even if acting the smartest beings in the world,

You are actually

Still the same as a fool.

[1]A method of religious practice.

对于无常和死亡，

若不常常观想①，

纵然聪明盖世，

也和傻子一样。

①观想：宗教上的一种修行方法。

མི་རྟག་འཆི་བ་སྙིང་ནས་མ་དྲན་ན།།

སྤྱང་གྲུང་འཛོམས་ཀྱང་།།

དོན་ལ་ལྐུགས་པ་འདྲ་བྱུང་།།

Regardless whether a tiger-like leopard
or a dog-like leopard,
Neither bites its master,
If fed well for long enough.
While the home tiger, though gorgeous,
once grown up,
Attacks master more brutal than the rest.

无论虎豹狗豹，
喂熟了就不咬；
家中斑斓母老虎，
熟透了更加残暴。

ཁྱི་དེ་སྟག་ཁྱི་གཟིག་ཁྱི།།
གདག་ག་སྐྱེར་ནས་འདྲིས་སོང་།།
ནང་གི་སྟག་མོ་རིས་འཛོམས།།
འདྲིས་ནས་ཐུ་རུ་ལངས་སོང་།།

Although skin kisses skin,

Not knowing the true heart of a lover.

It is better off

A finger drawing on the ground,

Calculating

The number of stars in the sky.

虽然肌肤相亲，

不知情人真心；

不如手指画地，

算出天上星星。

ཤ་འཛམ་ལུས་པོ་འདྲེས་ཀྱང་།།
བྱམས་པའི་གདིང་ཚོད་མི་ཤོན།།
ས་ལ་རི་མོ་བྲིས་པས།།
ནམ་མཁའི་སྐར་ཚོད་ཐིག་ཐུང་།།

A place where my lover and I met,

Deep in the jungle of South Gate BA.[1]

Nobody knows, nobody knows

Except the clever mouthed parrot.

Do not speak out and tell,

It is our secret!

[1]A name of a place in Tibet.

我和情人的幽会地点，

在南门巴的密林深处。

除了巧嘴鹦鹉，

谁也不知道。

能说会道的鹦鹉，

这个秘密你可不要泄露！

ང་དང་བྱམས་པའི་ཕྲེབ་ས།།

ལྷོ་རོང་མོན་པའི་ནགས་གསེབ།།

སྨྲ་མཁན་ནེ་ཙོ་མ་གཏོགས།།

སུ་དང་གང་གིས་མི་ཤེས།།

སྨྲ་མཁན་ནེ་ཙོ་ཨོ་ཤེས།།

གསང་ཁ་མདོ་ལ་མ་གཏང་།།

Among people from Lhasa,

The most pure and spotless ones

Are from Qiongjie[1].

My girl who comes to see me privately,

Her home town is in Qiongjie.

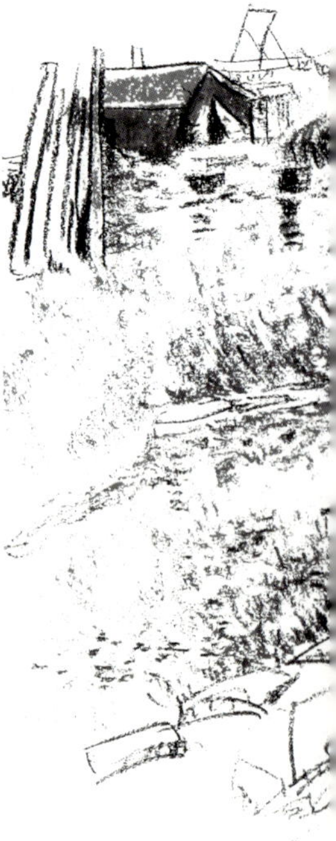

[1]The name of a place in Tibet. A major city in the south mountain, one capitals of Tubo. Proverb says: *Yalong has wide forest, Qiongjie has beautiful people.*

ལྷ་ས་མི་ཚོགས་མཐུག་ལ།།
འཕྱོངས་རྒྱས་མི་སྐྱུས་དག་པ།།
ང་ལ་ཡོང་བའི་ཆུང་འདྲིས།།
འཕྱོངས་རྒྱས་གཞུང་ལ་ཡོད་དོ།།

拉萨的人群之中，

琼结①的人最纯洁，

来会我的姑娘，

家就住在琼结。

①琼结：西藏地名。山南重镇，吐蕃故都。

谚云：雅龙林木广，琼结人漂亮。

ཁྱི་རྒན་རྒྱ་བོ་ཟེར་བ།།
རྣམ་རིག་མི་ལས་སྤྱང་བ།།
སྲོད་ལ་ལངས་སོང་མ་ཟེར།།
ཐོ་རངས་ལོག་བྱུང་མ་ཟེར།།

看门的大胡子老狗，
你的心比人要乖；
别说我夜里出去了，
别说我早上才回来。

The old dog watching the gate,
Growing out a full beard.
Your heart is so kind,
Better than that of the human being.
Do not tell that I went out at night,
Do not tell that I was not back
until the break of dawn.

Deep in the night,

Going to meet my lover.

At the break of dawn,

With heavy snow flying,

A secret, kept or not,

With footprints planted already

On the top of this snow,

Now, it does not matter.

入夜去会情人，

破晓大雪纷扬。

保不保密都一样，

脚印留在积雪上。

སྲོད་ལ་བྱམས་པ་བཙལ་བས།།

ཐོ་རངས་ཁ་བ་བབས་བྱུང་།།

གསང་དང་མ་གསང་མི་འདུག།

ཞབས་རྗེས་གངས་ལ་བཞག་སོང་།།

པོ་ཏ་ལ་རུ་བཞུགས་དུས།།
རིག་འཛིན་ཚངས་དབྱངས་རྒྱ་མཚོ།།
ལྷ་ས་ཞོལ་དུ་སྡོད་དུས།།
འཆལ་པོ་དང་བཟང་དབང་པོ།།

住在布达拉宫，
我叫持明①仓央嘉措；
住在山下拉萨的民居中，
我是浪子宕增旺波。

①持明：对密法有造诣的僧人。

Living in Potala Palace,
I am the Vidyadhara[1] Tsangyang Gyatso;
Living among the Lhasa villages,
At the foot of the mountain,
I am the prodigal DangZeng WangBo.

[1]Wisdom Holder, monks who have knowledge of Buddha's esoteric methods.

Wrapped in a silk quilt,
Her body like a warmed jade,
A girl who has fragranced beauty,
Does she fake affection?
Cheating away my treasure?
As I am a juvenile.

ཞ་འཇམ་ཉལ་སའི་ནང་གི།།
སྙིང་ཐུབ་དུང་སེམས་ཅན་མ།།
ཨོ་མོའི་རྒྱུ་ནོར་འཁྲོག་པའི།།
གཡོ་སྒྱུ་བཤད་པ་མིན་འགྲོ།།

温香软玉的姑娘，
被锦被所拥抱，
莫非虚情假意，
骗我少年财宝？

I put my hat on my head,

Throwing my braids on my back.

"Please don't go yet",

"Take care";

"Please stay",

"I will see myself out please".

"My heart is sad",

"We will meet again soon".

帽子戴在头上，

辫子甩在背后。

“请慢走”，

“请留步”；

“心中难过”，

“重逢在即”。

དབུ་ཞྭ་དབུ་ལ་བཞེས་སོང་།།

དབུ་ལྷུང་རྒྱབ་ལ་གཡུགས་སོང་།།

ག་ལེར་ཕེབས་ཤིག་ཞུས་པས།།

ག་ལེར་བཞུགས་ཤིག་གསུངས་བྱུང་།།

ཐུགས་སེམས་སྐྱོ་བྱུང་ཞུས་པས།།

མགྱོགས་པོར་འཕྲད་ཡོང་གསུངས་བྱུང་།།

Oh, spotlessly pure cranes,

Please lend me your wings.

Do not leave,

Flying high away,

Back once having reached Litang[1].

[1]The name of place in Ganzi, Sichuan, Tibetan autonomous region. This poem is considered as the prophecy of the poet, later the seventh Dalai was born in Litang, after life comes to true.

洁白的仙鹤啊，

请把双翅借我，

不会远走高飞，

只到理塘①就回。

①理塘：是四川省甘孜藏族自治州的地名。这一首被认为是诗人的预言，后来七世达赖生于理塘，作为后世的应验。

བྱ་དེ་ཁྲུང་ཁྲུང་དཀར་པོ།།
གཤོག་རྩལ་ང་ལ་གཡར་དང་།།
ཐག་རིང་རྒྱང་ལ་མི་འགྲོ།།
ལི་ཐང་བསྐོར་ནས་སླེབས་ཡོང་།།

In that underworld hell,

Yama has an Karmic Mirror[1].

Though human blessings and sins

Are blurred in our world,

It reflects clearly from Yama's mirror.

[1]Buddhist language, refers to the world's behavior, they are separated by good and evil.

在那阴曹地府，

阎王有面业①镜，

人间是非不清，

镜中善恶分明。

①业：佛教用语，指人世行为，有善业与恶业之分。

ཤི་དེ་དམྱལ་བའི་ཡུལ་གྱི།།
ཆོས་རྒྱལ་ལས་ཀྱི་མེ་ལོང་།།
འདི་ནས་ཁྲིག་ཁྲིག་མི་འདུག།
དེ་ནས་ཁྲིག་ཁྲིག་གནང་ཞུ།།

One shot aimed at the target,

The arrow flew into the dirt.

Encountered again with each other,

Two lovers of the innocence of childhood

My heart wants to fly away,

Going already, following her.

一箭射中目的，

箭头钻进土里。

与两小无猜的情人相遇，

心儿随她飞去。

མདའ་མོ་འབེན་ལ་ཕོག་སོང་།།

མདེའུ་ས་ལ་འཛུལ་སོང་།།

ཆུང་འདྲིས་བྱམས་པ་ཕྲད་བྱུང་།།

སེམས་ཉིད་རྗེས་ལ་འབྲངས་སོང་།།

A Peacock from East India,

(Good at flying

But does not like to fly)

A Parrot from deep valley of GongBu,

(Good at talking

But does not like to talk)

Born from different countries and lands,

Meeting in the same holy palace,

The city of Lhasa.

东印度的孔雀，

工布谷底的鹦鹉，

生于不同的乡土，

同在圣城拉萨会晤。

རྒྱ་གར་ཤར་གྱི་རྨ་བྱ།།

ཀོང་ཡུལ་མཐིལ་གྱི་ནེ་ཙོ།།

འཁྲུངས་ས་འཁྲུངས་ཡུལ་མི་གཅིག།

འཛོམས་ས་ཆོས་འཁོར་ལྷ་ས།།

人家说我闲话，
自认说得不差，
少年轻快的步伐，
踏进过女店主的家。

མི་ཚོས་ང་ལ་ལབ་པ།།
དགོངས་སུ་དག་པ་ཁག་ཞིག།
ཨོ་ལོའི་གོམ་གསུམ་ཕྲ་མོ།།
གནས་མོའི་ནང་ལ་ཐལ་སོང་།།

others gossip about me,
whispering nothing fraudulent, but all the truth.
I know, I know
A young boy's joyful pace,
stepped into a female's,
A shopkeeper's home.

The willow loves birds,

Birds love the willow.

As long as heart and mind are tightly intertwined,

It leaves no chance for attack

By hawks and eagles.

柳树爱上小鸟，

小鸟爱上柳树；

只要同此一心，

鹞鹰无隙可乘！

ལྕང་མ་བྱེའུར་སེམས་ཤོར།།
བྱེའུ་ལྕང་མར་སེམས་ཤོར།།
སེམས་ཤོར་མཐུན་པ་བྱུང་ན།།
སྐྱ་ཁྲ་ཧོར་བས་མི་ཐུབ།།

So short is this life,

Thus gone already and still passing by!

Yet looking towards the next life already.

When we are young once more,

Can we meet each other again?

To repeat this life once again!

短短的今生，

就这样过了。

且看来世少年时，

还能否相逢如斯！

ད་ལྟའི་ཚེ་ཐུང་འདི་ལ།།
དེ་ག་ཙམ་ཞིག་ཞུས་ནས།།
རྗེང་མ་བྱིས་པའི་ལོ་ལ།།
མཇལ་འཛོམ་ཨེ་ཡོང་བལྟོ།།

བྱ་དེ་སྨྲ་མཁན་ནེ་ཙོ།།
ཁ་རོག་བཞུགས་རོགས་མཛོད་དང་།།
ལྕང་གླིང་ཡ་ལྕེ་འཇོལ་མོ།།
གསུང་སྙན་འགྱུར་དགོས་བྱས་བྱུང་།།

巧嘴鹦哥，
请你住了口舌！
柳林中的画眉姐姐，
要唱一曲动人的歌。

That clever parrot with the skillful mouth,
Please stop moving your tongue!
Miss Thrush will sing a moving song,
Sitting on the willow wood,
To touch a heart.

Although a dragon hawk stands behind the tree,
vicious and powerful.
If you pick apples in front of it,
Be daring to fight,
Till death.

背后凶厉的龙鹰，
管它凶还是不凶。
为摘眼前的苹果，
敢豁出这条性命。

རྒྱབ་ཀྱི་ཀླུ་བདུད་བཙན་པོ།།
འཇིགས་དང་མ་འཇིགས་མི་འདུག།
མདུན་གྱི་ཀ་ར་ཀུ་ཤུ།།
འཐོག་ཏུ་དགོས་པ་བྱུས་སོང་།།

In the first place,

Best is if we never met,

So then, can never fall in love;

In the second place,

Best is if we had never known,

So then, can never miss desperately.

第一最好不相见，

如此便可不相恋；

第二最好不相知，

如此便可不相思。

དང་པོ་མ་མཐོང་ཆོག་ག།
སེམས་པ་ཤོར་དོན་མི་འདུག།
གཉིས་པ་མ་འདྲིས་ཆོག་ག།
སེམས་གཅོང་ཞུགས་དོན་མི་འདུག།

That Buddha dense master
Tsangyang Gyatso,
Do not say that he has gone looking for a lover!
Just like you need lover,
Others also need a lover.

不要说持明仓央嘉措，
找情人去啦！
正如自己需要一样，
他人也同样需要。

རིག་འཛིན་ཚངས་དབྱངས་རྒྱ་མཚོ།།
སྙིང་སྡུག་འཚོལ་གྱིས་མ་གསུང་།།
རང་ལ་དགོས་པ་ནང་བཞིན།།
མི་ལ་དགོས་ཀྱི་ཡོད་འགྲོ།།

From the tree of God,

The branches of cedar,

Fall and sit a young sacred cuckoo.

Does not have to say anything,

But only one word,

To touch the heart.

神树香柏的枝头，

年轻的杜鹃落下，

什么都不必多讲，

请说一句动听的话。

ལྷ་ཤིང་ཤུག་པའི་རྩེ་ལ།།
ཁུ་བྱུག་གཞོན་ནུ་བབས་འདུག།
གསུང་སྐད་མང་པོ་མི་དགོས།།
སྙན་པོ་ཚིག་གཅིག་གསུངས་དང་།།

White rooster from Sanye,
Please not cry too early,
For two lovers,
Innocence of childhood friends
Have intimate words of love,
Still endless, unbound.

བསམ་ཡས་བྱ་ཕོ་དཀར་པོ།།
བྱ་སྐད་སྔ་པོ་མ་རྒྱག།
ང་དང་ཆུང་འདྲིས་བྱམས་པས།།
སྙིང་གཏམ་ཤོད་འགྲོ་ལུས་ཡོད།།

白色的桑耶雄鸡，
请不要过早啼叫！
我和两小无猜的情人，
知心话还没完没了。

Not drunk with one glass of wine,

Not drunk with two glasses of wine,

But once persuaded to drink by a lover,

Growing up together with me,

Gone with the drunk with only one sip of wine.

ཆང་འདི་དང་པོས་མ་བཟི།།
ཆང་འདི་གཉིས་པས་མ་བཟི།།
ཆུང་འདྲིས་བྱམས་པས་ཞུས་པས།།
ཞལ་དཀར་གང་གིས་བཟི་སོང་།།

一杯酒没醉，

两杯酒没醉，

两小无猜的情人劝酒，

只一杯就酩酊大醉。

In front of others in a crowd,

Do not speak out of our secrets.

If with deep love in your heart,

Please speak out

With your eyes!

མི་ཚོགས་མང་པོའི་དཀྱིལ་དུ།།
ང་གཉིས་ཡིན་མདོག་མ་གནང་།།
ཁྱེད་ཀྱི་ཐུགས་ལ་ཡོད་ན།།
སྤྱན་གྱིས་གཟིགས་ཕྱོགས་གནང་དང་།།

在人群中间，

不要说出咱俩的秘密。

你内心如有深情，

就请用眉目传递！

You are the body of Buddha,
Wrapped with gold and copper;
I am the body of a statue,
Wrapped with dirt and clay.
Though we have nothing in common,
We sit silent, still in the same temple.

你是金铜佛身，
我是泥塑神像，
虽在一座庙堂，
我俩仍不一样。

ཁྱོད་ནི་གསེར་ཟངས་སྐུ་རེད།།
ང་ནི་འདག་པའི་ལྷ་རེད།།
ལྷ་ཁང་གཅིག་གི་ནང་དུ།།
ང་གཉིས་མཉམ་དུ་མི་ཡོང་།།

Please look at my face,

Now so thin,

It is my lover's hurt on my heart.

From sick comes skinny,

Even if with hundreds of medication.

Useless nevertheless.

请看我消瘦的面孔，
那是情人害我生病。
如此嶙峋瘦骨，
纵有百医也是无用！

སེམས་གཙོང་བྱམས་པས་བཙུག་པའི།།
ལུས་པོའི་མདོག་ལ་གཟིགས་དང་།།
ཤ་སྐམ་པགས་སྐམ་བྱས་པར།།
ཨེམ་རྗེ་བརྒྱ་ཡིས་མི་ཕན།།

热恋之时，

情话不要说完！

口渴之际，

池水不要喝干！

一旦情况有变，

到时后悔已晚。

ཤ་ཚ་ཆེ་བའི་དུས་ལ།།

སྙིང་གཏམ་ཚང་མ་མ་ཤོད།།

ཁ་གཅིག་སྐོམ་པའི་དུས་ལ།།

རྫིང་ཆུ་ཚང་མ་མ་འཐུང་།།

ལས་ལ་འགྱུར་བ་ཡོང་དུས།།

འགྱོད་པ་བྱས་ཀྱང་འཕྱིས་ཡོང་།།

献诗仓央嘉措

因果

伊沙

那一天
我们谈了
一下午
仓央嘉措
也没顾得上
看一眼窗外
傍晚时分
走出门去
天在下雪
大地老去

白鹤驮我去理塘

王强

风一吹
草就黄了
黄得柔情似水
大慈大悲

云一绕
山就醉了
醉得一声不吭
佛意绵绵

心一热
天就蓝了
蓝得四大皆空
有等于无

菩萨无处不在
爱情无处藏身

疼痛

德乾恒美

仓央嘉措情歌
老旧枯黄的书
藏在幼年凌乱的藏文书堆里
我不曾痴迷这工致精妙的行文
只是前夜，昨夜，今夜，夜夜
只只仙鹤飞舞天际，或者脑海
清瘦僧伽，手持念珠，神情倦态
他说　带我飞过去见见，就回来
事情大抵如此，夜夜疼醒我们
过去不曾有，而今却也大抵如此

献给仓央嘉措的情歌

吴投文

我离你有多远
才能走进你冰雪涂身的枷锁
才能把我手中的火
伸进你前世的山水和莲花

此刻，我在你的高原
为自己的身世莫名伤感
远离那么多的爱和所有的盛宴
我为你的完整写下一首诗的障碍

为唯一的爱而留下带血的黄金的匕首
你已经盛不下一座王国的青春
那么多的诗篇啊，都是你走过的地狱
而我看见，你在天堂里的身影多么孤单

我离你有多远
才能走进你轮回的枯黄的思念
才能把这首残缺的诗
献给你远离的寂静而光辉的圣鸟

灵魂早已越过十万大山

——致诗人仓央嘉措

王立世

你内心的伤口
像一扇隐秘的门
佛光照亮了暗处的蝴蝶

想象的玫瑰种植在悬崖
美面临深渊，光环接近浮云
诵经、打坐不为修来世

你像一头忧伤的豹子
用尘世的心怀想森林
一次次从布达拉宫失踪

诵经，不如听你子夜朗读情诗
打坐，不如看你佛晓前踏雪归来
酒和女子，把你从纷乱中超度
你颤抖的手玩不了刀剑

却能触摸到花草的指纹

身后是一座让世人怀想的空城

你的死亡有若干版本

但灵魂早已越过十万大山

像有根的草，春风吹又生

醉歌

——致六世达赖仓央嘉措

扎西才让

毁为美色兮，是银饰的姐妹
化为落叶兮，是背时的爱情
渺若青烟兮，是昨日的修行
就这样我远离红尘
不带走一两白银

歌者仓央嘉措

南飞

经卷留有神的体温和你的指纹
你把献给玛吉阿米的情歌
写在树叶上，写在云彩上
写在蜜蜂的翅膀上
写在早晨的露珠和夜晚的星辰上
那是另一种经卷，被时间的风
慢慢打开。每一个文字，每一声叹息
每一滴泪，草一样绿着，花一样开着
灯一样亮着。你用诗歌创造了
另一座宫殿，里面珍藏着你的
呼吸和心跳，珍藏着你前世来生
不忍放弃的宝石和月夜

最美的情郎

——给仓央嘉措

云溪唱晚

清风不识藏文，

却肆意撕碎你的情诗

神鹰带着你的诗魂升天

湟鱼的泪，哭成青海湖的咸

三百年前那朵依然鲜丽的格桑花呀

那是你纯净、仁爱的心

我跪着听你情诗的朗诵

神像仿佛是我最美的情郎

我的泪被你的两行诗歌洗净

我的爱像转经筒那样，飞速旋转

转经筒

左右

转吧，穿越在青藏大地上的鹰。转吧
默默爬行的蚂蚁，朝圣路上庇佑万物的神

我一直深信，仓央嘉措是我们
尘世间一切纯净的物灵。他秘藏在所有人

呼吸与行走的间隙，闭目和养神的刹那
转吧，用那带有磁铁的轴

转响牧羊人口里铜色的风声，转动藏羚羊奔跑的倩影
转醒六世达赖睡眠里迷失的黄昏

转吧，这古老的情歌，失传的藏文
金黄的经筒转了一天，多像在我手里转了一个世纪

仓央嘉措

江洲

将思念融进水里，在饥渴时喝个够
将余温裹在夕阳里，年轻又过于苍老
将那世俗砸向墙角，火热的情操柔情地熄灭
将你我的长发盘在一起，合成星空里的诗词
那是你的诗，那是你的情，那是你的心
那是被禁锢的野百合，在明镜里，孤独而又绽放
对着淡蓝色的天，神们，相互诉说，
也许只有后人在闲暇时才会拿你做文章
仓央嘉措，野草不会懂你
仓央嘉措，青稞不会懂你
仓央嘉措，你太过于浪漫
我向往你的浪漫，却还不懂你的另一面
飘扬的波浪
寒风的口岸

这就够了

马非

几百年过去了
在我生活的多民族杂居
以藏文化为主要特色的
青藏高原上的古城
还经常能听到仓央嘉措
以歌的方式
以诗的方式
总之以诗歌的方式
出现在唇舌之上
而不是以活佛的方式
甚至有人不知道
他贵为达赖喇嘛
相当于汉人的皇帝
其实也不必知道

之于你我

星落河

阅读你的灵魂
我会看到一棵树撑裂了岩石
文字打开了窗户
而道路，那么多人

那么多被贪婪压出病的人
那么多用手行走的人
那么多视笼子为鸟巢的人
你降临他们中间
你吟唱，舞蹈，飞翔般轻盈
经筒摇呀摇
摇下粒粒浪漫情种

布达拉宫外，两个时空的隔墙外

暴风雪不再逼人

当我敞开

我有遗憾如稻草

我有锋刃长于脑颅

我有爱落于深渊

仓央嘉措，仓央嘉措，

仓央嘉措

当我念出来时

化成了朵朵雪莲花

仓央嘉措

钟新强

思念她的时候
我一边在佛前念经
思念浓烈似酒
念经的声音绵密宛如念珠
按捺不住的思念呼之欲出
我在佛前默默祈祷
我佛如来，你于我恩重如山，我怎敢负你
可是，我那个她，于我情深似海
我岂能将她的冰心付诸东流
如来我佛，求你赐给我一个双全的法子
可是世上哪儿会有这么好的法子
只能是她在思念我的时候
我在佛前念经
思念浓烈似酒
念经的声音如散落的念珠
掉了一地

下一世，做你的情人
——致仓央嘉措

玉烟

前世，我在香火佛殿未与你对目
今世，我在山水凡间未将你寻见
来世，我在三界之外未得你超度
这一世啊，我迟了你一世又一世
布达拉宫的金瓶里
你已转了多少世
下一世，我削发做个苦行尼吧
哦，不。我要留下这缕缕青丝
看你把经轮捆绑
磕长头向西，愿赶在玛吉阿米前与你相遇

说到你

杨若鹏

说到你，慈悲
我只是嘴唇轻轻一合
像眼睛轻轻一眨
你的诗已流传了一代又一代

说到你，流传
我只是在浩瀚沧海中
与你相遇的一个
岁月流经你，到我的驿站

只有你

王垄

如同西天的一盏佛灯
离经叛道的鸟儿
使劲地抽出最后的光明

有多少次仰望
就有多少次重生
爱和恨的盛宴
没有谁活过沧桑与经典

在正史中流亡
于野史里永生

只有你
敢把清规戒律唱疼
只有你
能把世界爱成舍利

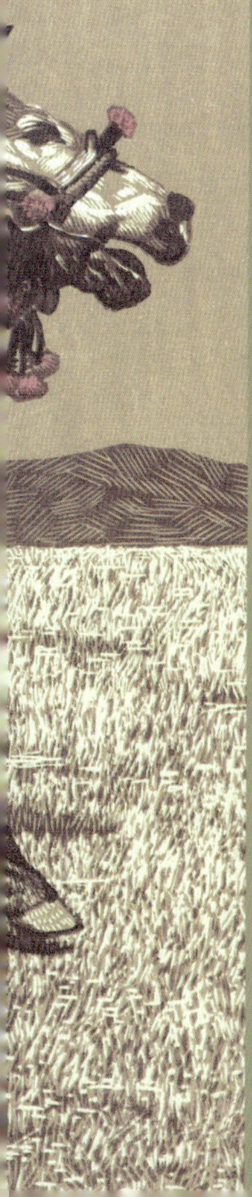

布达拉宫的雪

石头

是玛吉阿米低泣的声音么，从远行的月亮上落下
仿佛梵音，就是这布宫上空的雪。能粉饰洁白
却无法掩饰，佛门外，这一处小小的苍白

你回去的脚印，掐在佛的指间。几百年后
我还是那样忧心。我甚至还在祈祷那晚的风
大些，再大些，刮走一切履痕

宽恕我吧，云端之上的珠穆朗玛
我是如此虔心于你的脚下，却又如此偏袒于
这世间，能在掌心融化的一枚雪花

在这个暮晚，在八廓街，我等来了一场
你的雪。小酒吧的橱窗前，有梦一样
飘落在尘世的身影。仿若一个女子的叹息，很轻

拉萨

陈宗华

飞过一只青鸟的天空
名字叫拉萨
初识嘛呢堆
有信仰便有干粮

叩着长头的脊梁上
卧着雪莲花
紫铜色的温暖从脚底升起来
青稞也铿锵

云垂巾幡，蓝莹莹地呼吸
振着翅膀的风要打开布达拉宫的窗子
阳光的手刚好能伸到久空的佛座上去
掸去冷落的尘

仓央嘉措青春正旺
动情于甜蜜的忧伤
拉萨从此更加丰满
伉俪向往的高原城邦

扫开灰尘

——写给仓央嘉措的诗

绿袖子

我试过用手——

用最笨最古老的信仰

也试过用一盆水，一堆药渣

一个念头，然后放下面具

一次又一次——

在一本藏书里，我选择了文字和

宗教。然后，远离食物

然后减少秘密——

如果内心少一些泼水声

少一些谷物，咒语——

尽管你提醒我，要慢点，要慢点

尽管

你手上敲着木鱼

仓央嘉措的信徒

飞扬的流沙

多少次虔诚地膜拜才能抵达你的高度
多少次醉心地阅读才能融入你的诗歌

多少次转世才能拥有一瞬佛缘
多少次回眸才能望见你爱的旷野的边沿

前人信奉的也许是单向的普度众生
到你手里引渡从自我开始
把所有的精彩留给后人，迷醉，寻找，探险

你的信徒与佛未必有缘
却是你这座横卧信仰桥头的忠实守候者

追寻者一代代走过，温暖流进河流
守望者一个个离去，不知是否带走安魂的答案

仓央嘉措，盛装一个清朝给你

刘兴聪

织一件小袖衣，长袍飘逸
一字头，顶一个唯一
为你，精心梳妆一个清朝

倾尽我十万清水洗亮蝶梦
花盆底，鞋叮咚，摇摆一个婀娜多姿
醉你，每一个晨昏

仓央嘉措，请允许我
在晓风杨柳岸，备一壶 58 度月光酒
浓酽醇美，与你共饮

打坐在仓央嘉措情歌里的月亮

杨修华

打坐在仓央嘉措情歌里的月亮
是神的一只慧眼
羊群安静，啃食藏语
白马奔腾，长风浩荡

打坐在仓央嘉措情歌里的月亮
是澎湃的青海湖
喂养一支三百多岁的情歌
情歌飘进经文，诵得巍峨雪山
潸然泪下

情歌穿越清朝的辫子
抛到树杈，惊飞一窝月光
从树下经过的人
身体遍布弹孔

因为爱，所以远

刘兴聪

遇上你，我看到了全部的可能
——小序

有阳光就有阴影
仓央嘉措给了我阳光也给了我疼
鸠食桑葚的昏醉

莺飞草长，一如我的渴望
多想做你的出水芙蓉

我单程航行在你清清的河流
困在水中
夜夜静坐，我便是那守更的人

我想问你，仓央嘉措
假如我坐到属于你也属于我的清晨
这么远的爱，是不是注定我
要用一江汉水写下来生

遇见仓央嘉措
碰到最美自己

遇見仓央嘉措　碰到最美自己

遇见仓央嘉措　碰到最美自己

遇见仓央嘉措　碰到最美自己

遇见仓央嘉措 碰到最美自己

遇见仓央嘉措　碰到最美自己

遇见仓央嘉措 碰到最美自己

遇见仓央嘉措　碰到最美自己

遇见仓央嘉措　碰到最美自己